Collection dirigée par Jeanine et Jean Guion

Dans ton livre, tu trouveras :
• les mots difficiles expliqués page 31
• des jeux de lecture page 37
• les bonnes réponses des questions-dessins
et les solutions des jeux à la fin.

Conception graphique : Klara Corvaisier • Mise en page : Jehanne Fitremann
Adaptation 3D du personnage de Ratus : Gabriel Rebufello
Création du monde de Ratus et scénarios des dessins : J. & J. Guion
Conception des jeux de lecture : J. & J. Guion
© Éditions Hatier, 8 rue d'Assas, 75006 Paris, 2015.
Loi n°49 956 du 16 juillet 1949 sur les publications destinées à la jeunesse.
ISBN : 978-2-218-99251-3 • Dépôt légal : 99251-3/07 - Septembre 2019
Achevé d'imprimer par Pollina à Luçon – France - 90897

Ratus
et le trésor du pirate

Une histoire de Jeanine et Jean Guion
illustrée par Olivier Vogel

Hatier
jeunesse

Marou

Mamie Ratus

Les personnages de l'histoire

À notre Thomas.

Mamie Ratus est allée à Paris.

Victor et Belo gardent sa maison. Ils font la sieste dans son jardin pendant que Ratus, Marou et Mina jouent à cache-cache.

Le rat vert s'est caché dans la cave et les chats ne le trouvent pas.

Alors, pour s'occuper, Ratus ouvre une malle tout usée, couverte de toiles d'araignées. ①

Que trouve Ratus dans la malle ?

La malle est pleine de livres et de papiers rongés par les souris. Tout au fond, il y a une drôle de carte.

– Je parie que c'est la carte d'un trésor ! se dit Ratus.

Il oublie sa partie de cache-cache et sort de la cave en criant :

– Je sais où il y a un trésor !

Il montre la carte aux chats et tous les trois essaient de comprendre ce qui est écrit dessus.

– «Ragotin, pirate», lit Mina en bas de la carte.

– Regarde la croix! s'écrie Marou. Là, c'est la maison de Mamie Ratus, et là, c'est son jardin…

– Je suis sûr que le trésor est sous la croix, dit le rat vert.

Les trois amis vont chercher des pioches, des pelles et Victor! Il les aide à faire un trou, un énorme trou.

Belo n'est pas content. Il dit que sa sieste n'est pas finie et qu'on abîme le jardin de Mamie Ratus.

Qui a peur que Mamie Ratus se fâche ?

Mais il n'y a rien dans le trou.　⑤

Ratus reprend la carte. Il la tourne dans tous les sens, puis il fait dix pas vers le nord.

– On s'est trompé, dit-il. Le trésor est là, sous mes pieds.　⑥

Vite, sans réfléchir, Victor pioche. Ratus, Marou et Mina enlèvent le gazon et la terre avec leurs pelles.

– Encore un trou, dit Belo. Mamie Ratus ne va pas être contente !

Qu'a fait Victor ?

Soudain, de l'eau jaillit, monte ⑦
vers le ciel, retombe et douche tout le
monde.

– On a trouvé une source ! crie ⑧
Ratus en dansant de joie.

Marou frappe dans ses mains.

– C'est bizarre, dit Mina. ⑨

– Je crois que Victor a percé une ⑩
canalisation d'eau. Mamie Ratus va ⑪
se fâcher, grogne Belo. ⑫

Et il part se sécher.

Qu'est-ce que Victor dit avoir trouvé ?

Quand Belo est de retour, Victor a tout réparé et il est en train de creuser un nouveau trou.

⑬
⑭

Ratus, Marou et Mina discutent.

⑮

– Les pirates dessinent de fausses cartes pour qu'on ne trouve pas leur trésor, dit le rat vert.

Tout à coup, Victor s'écrie :

– Ratus, aide-moi vite au lieu de bavarder. Je sens quelque chose de très dur. C'est le trésor !

⑯

Où Ratus est-il tombé ?

Trois coups de pioche, un grand bruit et badaboum! Ratus disparaît sous la terre.

– Hou-ou! appelle Mina.

– Tu es tombé sur le trésor? crie Marou.

Une voix monte du fond du trou :

– Mais non, je suis tombé sur mon derrière!

Avec sa pioche, Victor a crevé le plafond d'une petite grotte. Mais elle est vide. ⑰

Que se passe-t-il dans l'histoire ?

– Pas de trésor ! crie Ratus.

Belo ronchonne dans sa barbe :

– Mamie Ratus va être en colère.
C'est un très gros trou !

Victor lance une corde au rat vert
et le remonte à la surface. Puis ils vont
vers un autre endroit où ils creusent
un autre trou.

Après trois jours passés à piocher,
il n'y a toujours pas de trésor. Mais
des trous, il y en a partout dans le
jardin de Mamie Ratus.

Belo pense à Mamie Ratus.
Que fait-il ?

Belo pense à Mamie Ratus et il essaie de reboucher les trous avec une pelle. Ratus, lui, continue à penser au trésor. Il réfléchit.

– Tu t'es trompé, Marou, dit-il. La maison dessinée sur la carte, ce n'est pas celle de ma mamie. C'est la cabane qui est dans les bois.

Les voilà partis dans les bois où ils se mettent à creuser des trous entre les arbres. Un, deux, trois, quatre…

Soudain, Ratus pousse un cri. ⑳

Quel est le mensonge de Ratus ?

Sa pelle a touché une boîte en fer. ㉑
Il la sort et s'écrie :

– Youpi ! J'ai le trésor !

Mais qui est là, debout, juste au-
dessus du trou, les mains sur les
hanches ? Mamie Ratus ! Elle est de ㉒
retour et elle a l'air furieuse. Ratus
invente vite un mensonge :

– Il y a une taupe géante qui a ㉓
fait plein de trous dans ton jardin,
Mamie. Mais j'ai trouvé le trésor de
Ragotin, le pirate.

À ces mots, Mamie Ratus se calme
d'un coup. Elle sourit…

Quel est le trésor de Ragotin le pirate ?

– Ragotin? Mais c'est mon pirate, mon amoureux quand j'étais jeune!

Mamie Ratus ouvre la boîte. Pas de pièces d'or, non, juste des lettres entourées d'un ruban rose.

– Oh! Ce sont les poésies qu'on s'écrivait à l'époque, soupire-t-elle. Il les a cachées comme un trésor. Hélas, il est reparti sur la mer…

Mamie Ratus est si heureuse qu'elle en oublie les trous de sa pelouse. Elle embrasse Ratus, les chats, et même Victor, pour les remercier d'avoir retrouvé le trésor de Ragotin.

24

Mamie Ratus prend une lettre de Ragotin et lit, très émue :

N'oublie pas ton pirate
Ô ma jolie petite rate
Au mignon petit nez gris...

Elle s'arrête, gênée. Belo a envie de rire, mais il fait un effort pour garder son sérieux.

– Vous n'avez jamais eu de mari pirate ? demande Victor.

Mamie Ratus compte sur ses doigts.

– Euh, non. Pourtant, j'ai eu douze maris. Et même treize…

– Il était poète, ton Ragotin, dit le rat vert. Et toi, tu étais une poéteuse.

Mamie Ratus le corrige gentiment :

– On dit une poétesse.

– Alors, dit Ratus, je suis sûr qu'il t'attend sur son île. Si tu y vas, il pourra t'emmener sur son bateau de pirate. Et tu deviendras une pirateuse … euh… une piratesse…

Sans hésiter, Mamie Ratus prend le trésor et court chercher sa valise.

– Je pars sur l'île de mon beau pirate, dit-elle. Je vous enverrai une carte postale !

Pour
t'aider
à **lire**

Retrouve ici
les mots expliqués
pour bien comprendre
l'histoire.

1

une malle
Une grosse valise.

2

rongés
Mangés par les souris
qui ont coupé le
papier avec les dents.

3

une pioche
Un outil pour
creuser.

une pelle *pè-le*

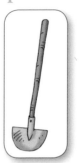

4

énorme
Très gros.

5 *ri.in*
rien
Le trou est vide.

6 *pié*
pieds

7 *ja-i*
l'eau jaillit
L'eau sort très fort.

8
une source
C'est de l'eau
qui sort du sol.

9
bizarre
Pas normal.

10
il a percé
Il a fait un trou.

11
une canalisation
C'est un tuyau. *tui-io*

12
il grogne
Il n'est pas content.

13 *trin*
en train de
Victor creuse.

14
un nouveau trou
Un autre trou.

33

15

ils **discutent**
Ils parlent.

16

je **sens** quelque chose
Victor touche une
chose avec sa pioche.

17

une **grotte**
Un très, très gros
trou sous la terre.

18

il **ronchonne**
Belo grogne car
il n'est pas content.

19

la **surface**
Ce qui est sur la terre,
dehors.

20

sou-din

soudain
Tout à coup.

21

fè.r

en **fer**
En métal.

22

lé-an-che

les **hanches**
Endroit du corps qui
est de chaque côté,
sous la taille.

une taupe
C'est un animal
qui vit sous la terre
et qui creuse
des galeries.

 la pelouse
Dans un jardin,
l'herbe que l'on tond.

 elle est émue
Mamie Ratus sent
son cœur qui bat
et elle est heureuse.

 une pirateuse
une piratesse
Mots inventés par
Ratus pour une
femme pirate.

Les **jeux**
de Ratus

Pour bien lire
et bien rire !

Quels mots finissent les poésies de Ragotin et de Mamie Ratus ?

J'ai pris une grande ....,
mon plus beau ....,
mon épée de ....,
et mon chapeau ....,
pour écrire à ma jolie ....
Viens ma belle, viens me ....

pirate
noir
tomate
costume
voir
plume
légume
rate
bonsoir

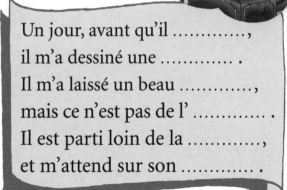

Un jour, avant qu'il ....,
il m'a dessiné une ....
Il m'a laissé un beau ....,
mais ce n'est pas de l' ....
Il est parti loin de la ....,
et m'attend sur son ....

tarte
ville
parte
île
or
castor
trésor
facile
carte

fleurs **arbres** **légumes** **fruits**

platane

pêche

rose

pomme

tulipe

sapin

carotte

abricot

cerise

haricot

marguerite

salade

chêne

orange

palmier

muguet

poireau

fraise

Trouve chaque fois le mot qui ne va pas avec les autres.

une pelle
une broche
une pioche
une brouette

une maison
un chalet
un bateau
une cabane

creuser
percer
trouer
boucher

la pelouse
le gazon
la route
l'herbe

Qui dit chacune de ces phrases ?

Mon Ragotin était un pirate et un poète.

Elle ne pense plus aux trous que tu as faits dans son jardin.

On a bien fait de piocheuser le jardin.

Ouf, j'ai eu chaud !

Collection Ratus

Découvre d'autres histoires dans la collection :

6•7 ans
et +

niveau
2

PREMIÈRES
LECTURES

Une histoire à lire tout seul dès le 2e trimestre du CP, avec des questions–dessins et des jeux de lecture.

5

26

7

Collection Ratus

Les belles vacances de *Ratus*

Une histoire de Jeanine et Jean Guion
Illustrée par Olivier Vogel

35

Collection Ratus

Ratus en ballon

Une histoire de Jeanine et Jean Guion
Illustrée par Olivier Vogel

8

Collection Ratus

Ralette reine du carnaval

Une histoire de Jeanine et Jean Guion
Illustrée par Luis Crdani

28

Collection Ratus

La cabane de *Ratus*

Une histoire de Jeanine et Jean Guion
Illustrée par Olivier Vogel

4

Collection Ratus

Le poney de *Ralette*

Une histoire de Jeanine et Jean Guion
Illustrée par Luis Crdani

9

Collection Ratus

Un nouvel ami pour *Ratus*

Une histoire de Jeanine et Jean Guion
Illustrée par Olivier Vogel

22

Collection Ratus

Et aussi...

Des histoires
bien adaptées
aux jeunes
lecteurs, avec des
questions-dessins
et des jeux de
lecture.

7•8 ans
et +

niveau

3

BONS
lecteurs

33

24

13

37

Les mensonges de Ratus

Une histoire de Jeanine et Jean Guion
Illustré par Olivier Vogel

14

Ralette fait du judo

Une histoire de Jeanine et Jean
Illustré par Lou Colory

10

Ratus chez les cow-boys

Une histoire de Jeanine et Jean Guion
Illustré par Olivier Vogel

36

Ratus à l'école du cirque

Une histoire de Jeanine et Jean Guion
Illustré par Olivier Vogel

23

Ratus aux sports d'hiver

Une histoire de Jeanine et Jean Guion
Illustré par Olivier Vogel

27

Ratus et l'œuf magique

Une histoire de Jeanine et Jean Guion
Illustré par Olivier Vogel

30

Collection Ratus

Et encore...

8•10 ans
et +

niveau
4

TRÈS BONS
lecteurs

Des histoires plus longues,
pour le plaisir de lire
avec Ratus et ses amis.

Collection Ratus

Ratus
court le
marathon

Une histoire de Jeanine et Jean Guion
Illustrée par Olivier Vogel

17

Collection Ratus

Ratus
joue aux
devinettes

16

Collection Ratus

Ratus
gare
au sorcier !

Une histoire de Jeanine et Jean Guion
Illustrée par Olivier Vogel

31

Ratus
champion
de tennis
Une histoire de Jeanine et Jean Guion
Illustrée par Olivier Vogel

19

Les amoureux
de Ralette
Une histoire de Jeanine et Jean Guion
Illustrée par Luiz Catani

34

Ratus
à la ferme
Une histoire de Jeanine et Jean Guion
Illustrée par Olivier Vogel

18

Ratus
chevalier
vert
Histoire de Jeanine et Jean Guion
Illustrée par Olivier Vogel

20

Le jeu vidéo
de Ratus
Une histoire de Jeanine et Jean Guion
Illustrée par Olivier Vogel

25

Ratus
et sa classe
en voyage
Une histoire de Jeanine et Jean Guion
Illustrée par Olivier Vogel

38

À bientôt !

Les bonnes réponses aux questions-dessins

Tu es un super-lecteur si tu as trouvé ces **10** bonnes réponses :

2, 6, 8, 13, 17, 21, 23, 27, 28, 34.

Les solutions des jeux de lecture

Les poètes (page 38)
• Ragotin : une grande **plume**, mon plus beau **costume**, mon épée de **pirate**, mon chapeau **noir**, ma jolie **rate**, viens me **voir**.
• Mamie Ratus : avant qu'il **parte**, dessiné une **carte**, un beau **trésor**, pas de l'**or**, loin de la **ville**, sur son **île**.

Au jardin (page 39)
Fleurs : rose, tulipe, marguerite, muguet.
Arbres : chêne, platane, sapin, palmier.
Légumes : poireau, haricot, carotte, salade.
Fruits : fraise, pêche, abricot, cerise, orange, pomme.

Les mots à chasser (page 40)
une broche, boucher, un bateau, la route.

Qui dit quoi ? (page 41)
Belo : Elle ne pense plus aux trous que tu as faits dans son jardin. **Victor :** Ouf, j'ai eu chaud !
Ratus : On a bien fait de piocheuser le jardin.
(*Ratus aurait dû dire piocher*).
Mamie Ratus : Mon Ragotin était un pirate et un poète.

PAPIER À BASE DE FIBRES CERTIFIÉES

Hatier s'engage pour l'environnement en réduisant l'empreinte carbone de ses livres. Celle de cet exemplaire est de : **300 g éq. CO$_2$** Rendez-vous sur www.hatier-durable.fr

IMPRIM'VERT